海的一角

黎权 著

长江出版传媒 ｜ 长江文艺出版社

图书在版编目（CIP）数据

海的一角 / 黎权著. -- 武汉 ：长江文艺出版社，
2023. 12
ISBN 978-7-5702-3287-1

Ⅰ. ①海… Ⅱ. ①黎… Ⅲ. ①诗集－中国－当代
Ⅳ. ①I227

中国国家版本馆 CIP 数据核字 (2023) 第 138979 号

海的一角
HAI DE YIJIAO

责任编辑：王成晨 　　　　　　　　　　责任校对：毛季慧
封面设计：李　鑫 　　　　　　　　　　责任印制：邱　莉　　王光兴

出版：长江出版传媒　　长江文艺出版社
地址：武汉市雄楚大街 268 号 　　　　邮编：430070
发行：长江文艺出版社
http://www.cjlap.com
印刷：湖北新华印务有限公司

开本：880 毫米×1230 毫米　　　1/32　　印张：6.75
版次：2023 年 12 月第 1 版 　　　　2023 年 12 月第 1 次印刷
行数：3816 行

定价：58.00 元

诗在平实的生活中展现

——序黎权诗集《海的一角》

林 莽

诗人黎权发来他的诗集《海的一角》，希望我写个序言。他的诗我早就读过，还编辑过他的作品发在《诗探索》上。我们相识有十几年了，第一次见面，是在我首次去青岛的那次诗歌活动上。青岛的诗人朋友们很多年前就邀请我到那里去看海、喝啤酒、赏樱花，但一直未能成行，本来并不很远的城市，但在我退休之前才有机会第一次到了这座黄海之滨的美丽城市。一些旧友老了，一些人已经再也不能相见了，但大海还在，还是那样壮阔而美好地展示在我的面前。

那天，夜宿八大关，海岬上灯火微明，枕边涛声不绝，引发无限感慨，夜不能寐，写了一首题为"迟到的约定"的短诗献给青岛的朋友们，其中有这样的句子："世事驳杂　友情已淡然于岁月/有一丝惦念潜于心底/稍许的牵挂如远天微渺的星星/日月轮回　蓦然间青春已逝/那些华美的乐章已不再令人垂泪/风雨如磐　鬓边的银色让我沉于缅怀//大海掀动暮色里裹着薄纱的白色花束/为失去的　为记忆中不会消失的/我垂首于祭奠与祝福之中/一只鸥鸟突然转向/鸣叫着　飞逝于苍茫的大海"。日月轮回，大海永恒，生活在大海边的人们，听着循环往复的涛声，那无尽的天籁，有哪一位诗人面对它不会生发出生命的激情呢？

诗人黎权，一位湖南岳阳的青年，几经辗转，定居于这座美丽的城市，他的诗集《海的一角》不正是献给大海和自己的诗篇吗？是的，诗人在生活的现实和灵魂之中都窥见了大海的一角，他把它献给自己和有相同情感的朋友们。

黎权出生在湖南岳阳的华容县。七十三岁且能识文断字，会讲许多传统故事的曾祖母将他从小带大。他十几岁离开乡村到城市上学，他的生命中有着乡村生活的质朴以及曾祖母的聪慧、温存与善良。我相信，这从小得到的曾祖母的精神抚慰，一定是他从事文学写作并成为养老专家的生命的基点。

黎权从小是个好学生，一直都受到老师的青睐与鼓励，他的作文常常是语文课堂上的范文，工作后他被选送到日本研修养老专业。他从中学起就痴迷上了写作，无论生活多么曲折，他一直坚守着这份好。他毕业于1990年代，当时国家包分配，他可以做一辈子老师。但后来他转行进入了让人羡慕的国营粮食单位工作。本可以在家乡稳定地发展下去，但他不满足于这种没有任何挑战的人生，工作几年后毅然辞职，开始只身闯荡世界。从湖南到山东、江苏等地，在日照、张家港、苏州、昆山、常州等城市辗转，颠沛流离的生活中，他经受了必然的心灵的历练，最后定居在美丽的海滨城市青岛。

从 25 岁到现在，诗和文学一直伴随着他，并成为他生命历程中不可或缺的部分。

《海的一角》这本诗集，是他近些年作品的集合，记述了作者生活中那些平实的、可以信赖的生命感受。

他写自己工作中面对的那些需要临终关怀的老人们，记下岁月的留痕，写下与老人们之间的缘分、情感中的远与近、生命的价值与意义。

他写身边的工作人员，写他们在工作中的心灵变化，写一些普通人的情感生活。

他写日常生活中的人和事，他写大海，写崂山、五莲山，写与友人登山，写亲近自然，写家庭生活，写参加普通人的乡村葬礼，这些生命历程中的琐碎事物，同样标志着岁月的流逝、生命的体验与文化的自觉。

我在与黎权的接触中，体会到他是一位对生活和工作都满怀热情的人，心怀温暖，内有真情，这些也体现在他的诗歌之中。我一直以为，一位诗人，心中一定要具有冲动与激情，只有那样，他才会不断地葆有创作的动力。当他静下心来，那些神奇而充满魅力的文字，就会源源不断地呈现出来，因为它们是源于鲜活的生命的，因而它也会活在有着同样情感体验的读者们的心中。

黎权的诗是朴素的，是充满了生活体验的，是充满了善与爱的，是具有生命的激情和诗的魅力的，是值得阅读与珍藏的。

《海的一角》，我想它是对青岛这座美丽的城市而言的，但同样也是对我们丰富的生命体验而言的，它记下的是黎权生活与生命中的一部分。这些对一个人的一生而言，不正是他丰富阅历的海的一角吗？

　　是为序。

2023 年 3 月 22 日

目 录

第三辑　粗糙的快乐，可以疗伤

第一辑

展开飞翔的姿势，
他要飞向石头

哥们儿

结交了三个好兄弟
有一辆电动三轮的清洁工
写小说的穷光棍
会修电脑的丑八怪

丑八怪修好我家旧电脑
清洁工拉走了
送给光棍用

我凑了五十块钱
帮清洁工换了个新电瓶
送丑八怪一个磁盘摆件
好把他衬托得漂亮些

光棍总喊我老师
他心里要真是这么想
那就让他叫吧
反正没几个老师够哥们儿

纸袋子

这些包装袋
哪一个不是欢天喜地提进来的
如今大袋套小袋堆在一起
内容不知去向

那么些新朋旧友
哪一个不是热热闹闹相识的
而时间将我漂流至孤独
与纸袋子为伍

他们竭尽全力去挣钱
充满决心与斗志
用数字叙述岁月
许多时候精神焕发

我却满面懊丧
不愿意扔掉空空如也的包装物
渴望时间回来，将它们重新装满
再一袋袋拎出门去
当有人打开时
会发现热气腾腾的肺腑

蜡烛立在蛋糕上

我说：爷爷
大声唱出你的生日歌

护士长制止
蜡烛立在蛋糕上
风就躲在暗处
赶紧关上门和窗子
你要终日卧床

我说：爷爷
用力吹，哪怕假牙掉出来
蜡烛立在蛋糕上
就像生活面朝大海
年轻人也有病
为什么没被吓倒

唱尽最后一个音符
不给故事画句号
一起吹灭蜡烛的谶语
不分享蛋糕
生日怎么会快乐

扳罾

在江湖里放罾
将剩下的白米饭
沉于鱼的世界
甜香美味豢养闪光的身子
鱼在水中
有痴人说梦的快乐

网在水底
是延展无限的平台
变形，在于扳罾的一瞬间
所有鱼都跳出一双脚来
至于银器般肥硕的身子
又能有什么用呢
没人会丢掉传统的手艺

莓　子

着七分霜，顶乳色纤毛
一株现代化的莓
知道服从。仿佛知罪的人
处理掉自己的长发
肥硕果子招人喜欢
色香味的技术尺，比照
大阪街头的行道树
绝不会说：剪我，就去死

记得野生莓子
是放牛娃的战利品
被欹斜的枝干戳破脸
尖刺扎见了血之后
荒岭上才会有尖叫与甜蜜

我带上小时候的"我"
去有景观的农庄玩采摘
嘴凑上枝头，啜食暗紫色的莓
摇身变成高处的客官
接受一株略施粉黛的果树
履行五十元每位的招待

达尔文的家

达尔文家的猫和狗子
在过道上大打出手
这多么有趣

但此后，这条过道就难走了
它们向一块巨石倾诉
为寻求内心安定

石头上镌刻先祖的祈祷
陈列着旧时代染血的冷兵器
那都是一堆
达尔文瞧不上的淘汰品

被除名者

临别时妈妈提醒的规程
你并不以为然
但自行其是的章法
合不上流水线的节拍

你认为车间里的操作
可以另辟蹊径
总在说我知道，我知道
其实你是个长不大的孩子

丈量时间的工具生了锈
据说你要更换的零件
可能使工厂停摆
工友们从担忧到愤怒
最终你被除了名

妈妈已经远离。人到中年
你的孤独与众不同
余下的时间里
还有多少创造力
来填补人世间的空白

大　暑

每一枚叶尽力舒张
泛碧玉之光，不辞繁复
为伏季消暑

我抬头仰望独木之林
树蚁列队高唱生命颂歌
轻风用掌形叶片
击打出动听的节拍

在枝叶的隧道里行走
如饮青梅酒
树冠珍惜暑日阳光
根系抱紧每一寸土地

愿执斧之人
放过无法逃跑的阴凉
留一线软语轻风
柔化大暑不二的威严

树伢与权伢

想念树，是在想念童年
想念乡村，想念纯真

树如他的名字，大我一寸
我把他当成亲哥哥
跟他学会砍柴放牛
游泳捉鱼。溜进菜园子
偷吃别人家的瓜。还撺掇
上屋场与下屋场的狗打群架
它们至今不相往来

他跟我一样，崇拜关将军
我跟他不一样，考上了初中
与树分手，是与童年分手
与青山白云和溪流分手
与稻子和汗水分手

我厌恶农活，决绝地离开山村
树被遗落下来
至今没有互换电话、邮箱和微信
我少了"树"一寸

想起来便觉对不起关将军

羞愧难当

向车窗外看树

树冠在眼睛下方旋转
高铁向前飞驰
遮盖林子对天空的向往

那些不是我的树
我的树扎根酸涩的土壤
地面覆满了落叶
被苍凉包裹的云杉
还有粗壮而悲戚的柞木
我的树有看不到的顶
和观测不透的根

如果在有漂亮女孩的车厢里
揣摩一棵树
会逼迫冥想架上长梯
从沧州西站的复兴号上
下到长满灌木的旷野里去

仍不见我的树
甚至连初秋的悲凉
也被庄稼似的杨树所掩盖

今年雨水充沛
茂盛的绿叶儿还在枝上
十分满意地招摇
仿佛声线清越的女孩儿们
做着各种姿势给站台看

忙于奔跑的生涯
似乎真的活泼了起来
我知道这是看得见的尘世赋予的
而我的树
是看不见的固执赋予的

月上有棵桂花树

农历八月十一，子夜
西窗上凸月渐盈
吴刚砍一斧，月亮沉一下
伐不倒桂花树
难见亲人面
砍沉了月亮
爹娘望不见我的归期

他们把月光当成亲人
我将树影看作远方

小时候
爹爹鼓舞我爬大树
娘说，树顶上有另外一个我
我以为只要够高、够远
就会找见自己的月亮
爬呀爬，爹娘终于成了远方
我成了一棵天边的树
在月亮上面

梧上秋虫

"袅袅兮秋风，洞庭波兮木叶下"

有些难题
等到秋天才出现
树叶分出不同颜色来
响成一片嚯嚯的空洞声
梧桐上的尺蠖
悬垂在扭动的秋风里

百年梧桐，枝叶从容
而这只初夏问世的虫子
结束了厨房里的琐事
急着找寻新的开始
有许多不肯入冬的声音
在黄昏时分响成一片磨刀声

这条毛虫也迟疑起来
竖立的口器咬破过卵壁
咀嚼过青叶。此刻
正用力地拽紧每根丝线
梧桐树几乎看到

蝴蝶的彩衣在春风里起舞

但它，必须穿过

一个刺骨严寒的季节

汉 柏

长寿树几乎砍光了
剩下的比一个人的年纪还小得多
如果遇到一棵古树
必定会有宗教的凛冽

太清宫的汉柏追随太极
傲岸而肃杀二千年
冰雪乱世独具护身符咒
他从不寄情帝王将相的传奇
只关心阳光、雨水和空气
几回在雷电与山火中发芽

他友善爬虫、飞鸟和走兽
筮卜事物的前途、寿数
觉察未来已被所谓文明标注
知道鲁莽的人一定前来
手持账簿取走兄弟的性命
取走他身旁的一切

疼痛的声音，飞散于四野
唯余雕像般坚毅的汉柏

孤立于风中

留住沉默的火种

小树林

日子以菜园子为中心
父母忙碌的时候
我在小树林里玩耍
这儿什么都有
是个满心欢喜的乐园
父母望见小树林和我
蔬菜整齐，闪着油绿光亮

父母的孩子又多了几个
需要一块更大的菜地
他们砍光了周围的小树林
我的心一下子荒芜起来
仿佛世界被烧掉

工厂一步步逼近
就像孩子们的胃不断撑大
菜园子要被楼房换走
父母向往城市
终将得到一个崭新的世界

挖掘机是有毅力的巨人

老路基厚实如墙
父母看见卵石与泥浆垒砌的记忆
打夯的号子，脚底的血泡
那是无法拆掉的时光
两位老人感伤起来
开始愧疚当初
伐掉了我儿时喜爱的树林

痴迷如铁

我每天寻找大树和阴凉
它们正在一点点消失
所遇到的人都说
我们只需要铁
把它们从地底下翻出来
筑一道通向安定世界的长城

肤色混杂的人流
他们交会时像一团团山火
每天都会有树林被付之一炬
政客回答记者的追问
让我在睡梦中惊醒
我明白钢铁面前
再不会有人出来灭火

科学家编写的悲情剧
与经济学家的焦虑模型合璧
激励人们加班加点
赶制地球上唯一的金字塔
我看见时间如鲑鱼洄游
钟表正在等待宇航员升入太空

（也许是坠入黑暗地心）

我梦见树木重新回来

森林让地球有了原来的模样

历尽孤独的云杉悲喜交集

庆祝掠夺消灭了

痴迷如铁的掠夺者

腊月二十九的夕阳

张灯结彩的装扮
年节的欣喜触手可及
养老院顶层，西窗之上
太阳映出血色霞光

天很快黑下来
日光只是记忆里的假象
黄昏沉积在一起。我守护着
风烛残年的耄耋老人
霞彩闪烁，然后在海面上消失
云层如沉沦之舟横亘天边

绵密如絮的这一生
稍纵即逝这一年，而最后一天
天体旋转走了凝固的年月
时间却运行不出虚无的悲伤
在心尖上打战的那些春天
像一只精巧的玻璃杯
入夏便会破碎一地

我怎么离开窗户，怎么下楼

将见过的太阳带回家去
谁又能在除夕时说出真相
黑夜追赶的
从来没有升起来过

罗　梅

罗梅在乡下种的地豆子
被规整地切割
炸出薯条给城里老人们吃
九十斤的罗梅抱起奶奶
将病床上九十公斤重的责任
转移到轮椅上
周考，月考，季考
质朴的罗梅成了番茄酱面前
一根标准的薯条

实诚的罗梅花钱买来玩具
挂在娱乐室里，拨楞，拨楞
奶奶恢复了女孩儿的童真
一个开心舒服喷香的老女孩
正在康复，下地行走
罗梅像身怀秘籍的魔术师

告别老母亲是在秋天
除夕之夜，养老院彩灯高挂
罗梅守在奶奶身旁
给老母亲打电话拜年

向缺席的团圆致歉
笑眼里猛然跑出泪光来

联欢会，护工为老人扭秧歌
回归自我的罗梅
仿佛一辆刹不住闸的小车
这匹憨厚的野马
并不介意自家的地豆子
都被炸成薯条吃掉了

再　见

转来一位临终关怀病人
有声世界，他已无力言说
给他唱春之声，祝福新年时
他的眼睛变亮了，望着我们
除夕之夜吃鲅鱼水饺
一个又一个地夹给他看
给他讲鲅鱼与丈人的故事
然后打成糨糊，破壁机轰鸣
他将眼泪咽了下去
初七那天，我们给他讲女娲
他乌黑的瞳孔散开了
平静地沉入无声世界里
黑暗、冰凉而寂寞
我们继续跟他讲不要害怕
在擦洗身体和换寿衣的时候
他无动于衷，任由摆布
化了妆，放入纸棺的时候
我们又跟他讲好好休息
有声世界的话语完全多余
他沉入了永恒的无声
前面的抬棺者还是说：一路走好

走在后面的新手一时蒙了头

接过话头说：再见

慰问者的祝福

我去养老院送温暖
向一位 98 岁的老人说
祝您活到 100 岁
话一出，便觉得不妥
马上改口：祝您活到 108 岁
我知道如果说 120 岁
这个祝福语就显然太假了

回来路上，想想还是觉得欠妥当
只剩 10 年寿数，也太不近人情了
应该说 120 岁，还能有 22 年呢
是我从现在，到成为老人的时间

慰问者的自信，来源于时间吧
虽然在送出祝福的那一刻
比老人们宽绰了不少

袜　子

我轮换着穿这些袜子
每洗一次
日子就从水池里
流走两天

它们陪我走各式各样的路
对笨重的身体从无怨言
并且努力保持严谨

我知道每一段时光
都有自己的韧性
也会有踩出窟窿的一天
比如昨天扔掉的那双
让我对放弃
不死心

富贵竹

插入鞋柜上的一只玻璃瓶子里
富贵竹翘起叶尖
如俊俏的下巴，迎我回家
美人脸庞还有很多
茶几、窗台上都点缀着绿意

我总在外奔忙，没人换水
竹叶一层层地黄掉了
内行人教我往瓶子里放一些
阿司匹林和生了锈的铁钉

多像医生给我开的药方
愿这个方子能保人竹平安

二十五年前那个冬天
我在乡下砍了两个月的南竹
凑足路费才来青岛的
如今住进高楼
养了这些富贵竹

皱果苋

鲜活的皱果苋荡漾如水面
风一吹它就皱
站直了撑平，换个姿势再皱
那是侧面又一阵风

暴风雨整夜咆哮。防波堤下
白浪如猛士，破碎一片
又站起来另一片
萦回往复地揉搓海面
如陆地上皱皱巴巴的人世

暴风雨之后，碧绿清晨
连片的皱果苋如海面舒展
消浪石平静下来，似稳重的碑林
读碑者，何曾忘掉前夜的澎湃

宠　物

那就是一只宠物
干净、漂亮、华贵
雅致地支起洁白的细腿
有恃无恐的样子
似乎在说宠物都有条好命

也曾想豢养一只猫来着
尽我的爱欲、善良、财富
与顽劣中透出来的恶
但此刻，我只想做那只猫

然而没有金渐层的皮囊
没有扑蝶的技巧
和呆萌状若天仙的心智
就享受不到这份清福

海的一角

窗外就是海的一角
窗内的对话激起波涛

雕刻这片礁石吧
不知疲倦地来回往复
沟壑纵横，圆滑溜光，七窍玲珑
都是言语的成就

有些词语
最终成为冰一样坚固的结论
然而海水并没有停止
飞翔的浪花
坚持对岩石的雕琢
柔软的言语，更接近钢的锋芒

雨　夜

从镜子观察我的眼睛，它同样
在观看雨夜里的楼群和灯影
窗户里透出微弱的光。人们
有着陌生的生活、不同的心事

它观看汽车从高架桥上嘶嘶流走
和路灯、夜风交织在一起
揣摩冲刷城市的暴雨
汇入哪条河流，流去哪片海域

它观看城市边缘的海面
揣摩肉眼观察不到的海洋深处
那里一定是波澜的起源
汹涌而澎湃，拍打礁石，拍打
城市、楼群，和雨声灯影里的人生

它观看到树。那些树木站在一起
像另一面镜子，在夜的开阔中
在迫近的光影中
默默地观察着这一切

忽然二十岁

夜色在重逢中沉浮

被水煮沸，一次又一次

变淡，微凉，降到沉默的杯底

——侄女好久不见，可好？

——大哥，让她陪你聊几句

女儿远在电话那一端：

伯伯我都二十岁了

做小孩子的事情早忘了

忽然二十岁

仿佛茶杯里加进一把盐

大哥良久地端着

嘴里突然嚼出一丝咸苦来

腌制多年的记忆

如同祖屋那蓬紫藤，掩藏了茎脉

话题的另一端丢在外面

在时间的真空里无从攀缘

水壶氤氲的热气袅袅上升

不知飘向了何处

月夜话别

犹疑
这虚幻的海堤上的话别

月光下银色夜晚
澄澈无痕的天空和水面
一丝，一缕，一点点，细腻的
亮光。洒满碎语的周遭
让我俩像凝固在
透明松脂里面的琥珀
看似一千年、一万年

明天却是分别。琥珀的梦想
无力阻拦流泻的人世
宁愿天各一方是那虚幻的从前
偏偏从前全是结实的青果
一颗，一捧，一小篓，喜悦的
沉积。生花长叶的时光
如这流光可及的中秋夜。此后
一千里、一万里
对空相望，封在琥珀里的明月

五莲山居

我向往的莲花
在松涛里并蒂，在巨石里盛放
是罡风刮不乱的余生家园

法门不容易被打开
若是进入五莲山
便找到了家
清泉洗濯穿越苦厄的风尘
终于安定，光明寺木鱼声声

收藏起厅室里的行李箱
出门只为种梨、摘菜、采蘑菇
在竹里馆弹琴，长啸
诵经入夜，明月来相照
做王维的邻人，做第六朵莲花
世界与我一起安顿下来

喜　宴

高架桥的底下，夜灯昏暗
小男孩才满一月，便闻酒声若雷
大排档的桌子腿跨向马路
临街房客干脆把晚饭搬到街上
喜宴的欢声，照亮了街坊
若春汛溢出陈旧的河床

由来已久，我罹患抑郁和焦虑
今夜从敞亮的高架桥上下来
人排档里，众人酒饱饭足
我也得到片刻疗愈

说句祝酒词吧，为了新成员
请不要拆散简陋的厨房
无论何时，留得住便宜的宴席
在夜色轻松的和善之地
祝你自在长大成人

年　关

牛一扭头，又跳下一只虎来
时间挺不住了，顷刻塌陷

妈妈，你那么遥远
我远离故乡，和做工的人在一起

老虎是从悬崖上跳下来的
这节骨眼上，我实在坚持不住了

做工人的妈妈，远隔山峦、河流、
田野和沙漠，也在费力地抵抗这只老虎

鹅卵石

坐在地铁上假寐
眼前浮现一河鹅卵石
它们多么像身边这些人

河里的鹅卵石不多了
卖到城里铺设花坛或幽径
组成一个新集体
像各个岗位上的同事们

我将身边人各归其位
稍一睁眼
猛见害怕的董事长也在其列
原来他是一块石头
还有不太好看的疤痕

我让座，被他默默地拒绝了
一路都没有言语
真是两块怀揣心事的石头

眼镜和盲杖

一个为抵达目的地
四处寻找眼镜的高度近视者
来到澡堂，赤裸身体
和母亲分娩出来时一样
只能感觉一池晃动的灯光

他扑通跌进去
银鳞的碎片，不知深浅的水底
眩晕，心慌和不知所措
他想：样子一定十分难看
左邻右舍在嘲笑吧
对面的人会撞上来吗
在桑拿房，额头终于碰到了棱角
他心生懊恼、愤怒和憎恨
真想再撞过去，就此除掉自己
除掉过错、遗憾和不足

出来后，头脑清凉了许多
只为洗净肮脏的身子
何需眼镜和盲杖

清明祭

写遗书的不在了，影子
留在世间，紧紧攫住活着的人
逝者在清明节重现

香樟叶从坟头上空坠落
层层遮盖。祭扫的人
将虚渺化为可及之物

长着黑翅膀的语言
在火光中飞起。抵达亡灵时
刀尖拨弄着跳跃的心脏

黄色纸张将火焰摞在一起
站在身旁的树
感觉到了活下去的悲痛

慌张地走过春天

用心登我的山
天空高远，在召唤我

春天舞姿妖娆
樱花和玉兰赤身裸体
似麦香的乳房，黑夜的艳唇
暴露细软而无禁忌
至于风的掠夺，并无憎恶

我是被春天摧残过的果农
拎着一巴掌老茧
花枝下、芳蕊里，慌张地走过
一根山杖，拄着满腮胡楂
逃出柔情的是非地

生日快乐

携带武器的男人
在战斗间歇的废墟上
唱起生日快乐

没有武器，只有爱的小寿星
双手合十，吹灭烛火
闭上眼睛，在远方的歌声中
为有生之日许愿

怀揣看不见的武器的母亲
在地窖里分享甜美蛋糕
心中默念：生日快乐
又哭出了声音

热火朝天的夏

走出冬天，丛林愈发茂密
孩子们的童年和青春，愈行愈远
"贪婪"在贪婪中生长

热火朝天的夏之帝国
万物如肉林酒池
强悍的争夺者脑满肠肥

雪曼将军拔出法案的笔盖
签上霸气的名字。高山租出灵魂
原野借来羸弱。整个夏天
落花匍匐在地，像一群难民行走

枝叶密不透风的长篇大论
隔开相向而立的两个人
自然界恩赐的空灵

曾经空灵的瘦啊，何在？
太湖石的留白
被欲望的泥沙灌满

远离这锥心的苦闷
宁愿停在冰封的冬天
留住东方的清癯

广 场

广场上
眼睛装得下八百里秦川
心上平坦，脚步轻盈

大妈的舞蹈，宛如时代节奏
韵律变幻的身姿怡然
彩衣娴熟，演绎沧海桑田的流动
广场上盛开郁金香

风，是音乐织出来的丝绸
摇曳，旋转，起伏，进退洒脱
迎送不老岁月的裙摆

老父亲的队伍曾在广场上集结
兵器从此处开拔战场
岁月充满变奏

护甲男儿仍然挺立远方
砌成四方八面的墙。他们惦念
广场上飞扬的舞曲

屈　原

在汨罗
嫉驰包的粽子尖角峻峭
仿如孤勇者，在崖壁上劝谏
悬绳之下，一把干云风骨

肉身沉于水底，箴言浮上江面
楚国的粽尖，爱的是楚国
随秦汉顺流而下两千三百年
今日河上，龙舟锐利

划破夜空的流星，亦如屈子
仰望星空的人
年年审视江米、粽叶
躬身入局水与火的蒸煮
众人康泰，亦如国运、家运
安享五彩丝线的缠绕

饥 荒

在进化了的发达之地
鸡尾酒会，或是塞满食品的厨房
灵魂很难飞出窗子

在一片倒伏的麦穗的针芒之上
或是装甲车粗鲁的履辙里
北半球黑土地伤痕深处
有吃空了的罐头盒。弹片迸溅
混含人类 DNA 成分的尘土中
灵魂终于飞了出去

在干瘪的黑色肚皮之上
停放着南半球干涸的河床
灵魂飞翔于贫瘠的原始村落
感应到饥饿的对应物
远在复水重洋之外

一位农民的葬礼

妻子的大舅过世了
哭声、泪光设成哀伤的灵堂
范家草泊完整的农民
有资格接受唢呐一声声长调的追思

戴孝的人跪在沙尘里恸哭
乡亲们聚在巷口送别
最后的仪式庄严而肃穆
长长一生，停泊在村东坟地
浑圆如草丛里安宁的南瓜

孝子们在巷口行磕头礼
替未能回程的亡人
请求养育他的村庄宽恕过往

为了给豆秧砍个攀爬的架子
大舅在竹林砸倒了自己
绊断了水渠边上几棵向日葵
不完美的最后一次劳作
令他深感羞愧

有位外地女婿为他扶灵

一路劝他宽心

自己却在临近黄昏的乡村

最后一代农民的离别里

流下了两行热泪

炕上的农民

坐在炕头喝酒的老农
像一位英雄
面前的都是他亲手打下的

这辈子，见了牛筋草就要拔
他从不接受城市诱惑
只因为顺从了土地
他还顺从了老天爷
这是种好牛眼番茄的法门
但他犟，与疼痛顶牛
认为劳作是最好的医药

他已经足够老了
甚至打算与牛筋草和解
暮年唯一的嘱托
是和贴地生长的马唐一起
在瑞雪里烧成灰
混合一担春肥，助麦子返青

孩子们，不用接走我
你们来取下一年收成时

照旧酿一坛新酒

洒在一个完整的农民

自信而倔强的田头

海 虹

秋意微凉，杰杰送来海上风情
奔放在硕大的不锈钢盆里
肥嫩的海虹肉冒着热气
蘸上姜汁，喂饱饥饿的都市

紫黑色的海虹壳铺满一地
不时发出哗啦声响
仿佛听到杰杰的水鞋踩着礁滩
登上自家渔船。春寒料峭
细小的生计被塞进狭长胶皮
漂荡于浪涌滚动的海域
夏日如糟房，把 39 岁的脸膛
酿造成海虹的颜色

它们的壳真轻真薄呀
只消三分钟蒸煮，便逐一裂开
渔民把海洋汇兑给了牧场
再把决心交付给城市
杰杰拉着自家最后一车海虹
在人流的潮汐当中
来回起伏漂荡

牵牛花

牵牛花走到拐弯的地方
燕子也该回家了

节气在篱笆上跳跃
牵牛花红一朵白一朵往外走
走到树叶黄了，星星般掉落下来
走到村庄空了，父母两鬓霜白
忘了拐几个弯才能到家
忘了春天，潮湿泥土上谁播下的种子

燕子在电线上商讨行程
影子滴落。走得最远的那朵紫花
像一颗闪亮的泪珠
"之"形篱墙上攀缘的牵牛
跋涉半生未能挣脱自己的藤蔓
终归枯萎，甚至走不回
最初发芽的地方

崂山镜像

"海无涯，山有崂。"①

看山人（王朝明）的公众号

每日递来胸中沧海、海上仙山

他的四季是黄海的四季

他的草木是崂山的草木

摄飞霞，揽雪涛，抱冰玉，抚柳弦

铁鞋觅尽寒崖鸣泉

连朝暾青冥亦不容错过

"云水长相弈，柯烂一盘棋。"②

落子之处，看山人镜像里只有喟叹

在石老人系舟，在巨峰放虎

常被一局山水融化

索性做了太清宫一缕烟岚

他的诗词已把崂山掏空

镜像的定式堆在面前

---

① 引自王朝明《崂山赋》。
② 引自王朝明《水调歌头·棋盘石》。

我从中发现嵯峨与嶙峋的大格局
一叶扁舟子，一只盘山虎
被城市阻断通道
终究是逃不出崂山的巽门

莫须逃，甘愿做镜像文件的副本
君寄情，我寄身
今生今世不离东海崂

山脚人家

　　　　"千难万难不离崂山。"①

过去的人，还有未来的人
若在保泰老师朋友圈里聊起崂山
都不得不提到一篮子瓜果
木香花和五棵冬青树

难呐！这栉风沐雨的山外山
断壁残垣，谁家没跑丢过一两个小孩
崂阳仙人在涧壑躲避苦难
　幸亏巨峰，提篮里有鲜活的瓜果
浪打浪的渔夫啊
倚靠仙山，把黄海撒成一张渔网
打上来一屋子热气蒸腾
晚饭时分，叩开前世来生的山脚人家
方知道，坚持到难堪处
喜悦自然瓜熟蒂落

———————

　　①　崂山民谚"千难万难不离崂山"，据说出自 300 多年前胡氏十世祖胡峄阳楹联："儒也为儒，仙也为仙，精神与墨水同长；欹而不欹，乱而不乱，唯居之崂山最隐。"

墙上的牡丹已经老去（画家活力依然）

至于挂满院墙的木香花

门外一字排开的硕大球形冬青

早已在朋友圈里红过，疯传了数代人

哪是微信年代呈现得透彻的

纯净的白色花朵，又岂止七里香

飘进未来，成年后的机器人的嗅觉里

你只要在身边的触摸屏上

输入"崂山的香"，周围的"新智人"

就会把你当成故交与知己

崂山萍萍①

崂山的好日子从抖音里走出来
那些小红心没有白费
顺着它可以返回去
寻找到民宿里的真人
体验如何从虚拟抵达现实

六百年的村庄挂在崖壁下面
古老的石头房像一群浮雕
见证岁月的老人坐于窄巷拐角
男人斜肩错身而过，下海捕鱼去了
另一个方向，女人登阶出村采摘秋茶
今天的基调是茶香与海腥味儿
当然还可以光顾石上清泉
收获一个甘洌的激灵
再从海面喊醒一轮火红的日出

如若时间都能这么慢，足够长
夸赞过四季纷呈的果蔬

① "崂山萍萍"是一个抖音号，内容主要介绍崂山南麓青山渔村，主播曾是崂山导游，现在经营民宿。

铁锅烹煮小鲜，款待过来往的宾朋
你就有幸成为山与海的主人
再若，你也是"萍萍"。生于青山
长于渔村。一辈子靠山吃海
靠海吃山。保不定
你就是长春真人那样的神仙

猫如知己

题记：杨昌群（诗人若风）像热恋中的男孩，得空就往崂山跑。在他的视频号里，我被一段段崂山影像打动。

剪一段崂山留给眼睛

耳朵挂着冬月的风，灵旗猎猎

镜头旋转如魅如蛊

石峰尚远，踩着云雾也过不去

凇那么近，却经不起采摘

叫得出名字的石头，比认识的人多

橘猫如知己

都是你深爱崂山的理由

野猫的转身略有无奈

"一抹忧郁的眼神稍纵即逝"①

生计的悲戚发自怀中

我欲上山喂猫解忧。城里的囚笼

或可消散于柔软的丛林

枯叶中走出的猫，却有娇憨之态

---

① 引自杨昌群诗集《一只略施粉黛的野猫》。

成为崂山占有你的证据

向往灵旗峰的眺望啊
花岗岩从海面骤然升起
又萎落成视线之下的岛礁
犹如用登山人，丈量登不了山的人
相隔梦与现实的距离
我的手机，显然与若风手上的不同
爱崂山，和勇敢地爱崂山
几乎天壤之别

在崂山

浑圆的黄海，一只空盘子的借口
凌空而起的崂山，是无中生有的一
石头上生长渔夫和山民，那是抽象的二
他们用三色索，编织撒向大海的网
鱼虾贝蟹，原住民的生活标本
躺在今天的石板上晒太阳
海腥味展示昨日的风波

网绳拴在巨峰上
八卦之门摊开山谷的走向
山民们沿着溪水播下岁月的种子
隔着山脊交杯，啜饮翠荫醇酿
他们一趟趟往外运洁净的水
樱桃、黄杏、脆梨和干净的日子
蜜枣和带霜的柿子是山中神仙的馈赠
喂养城里人疲惫的心和贪婪的胃
他们说：街上的豹子追赶
如果紧急，请背上你们的画笔和诗卷
来山里避一避。这里面朝大海
没有三，只有一，等于无

登巨峰记

题记：5月28日，陪诗人孙方杰（木头）游崂山巨峰，我们一路走走停停，鲜有言语，好似用天线交流，信号里满是奇崛的石头。

他面庞如黑石
一堆冰蚀风琢的地理词语
我们缺少细语温存
如果非往石头上引导
一定会溅起灼眼的火星

我们只到了崂山
石头远在不可及的地方
相隔刀锋与斧钺
阎王隐于崖壁的树尖
石头都讲一口坚硬的方言
每个词语骇人听闻

一路惊悚，渐行渐高
我们默默踱过了先天桥
在灵旗峰的四围
奇崛的石头争相表述

它们更接近语言的高度

在镜头里我看到一个诗人
展开飞翔的姿势
他要飞向石头

远而不可即的地方
黧黑的词语如铅阵列

第二辑

云一动，
心便到了南方

冬天，从海边走过

走到此处
冬天应该停下来
越过平静海面
凝视蔚蓝
把心胸铺展出去
直到遥远的地平线

午后阳光
像一大盆牛奶泻淌
在我的头顶凝住
又奢侈地流满地面
真想把它装进口袋

和海鸥一起停下来
它们在岸边梳理羽毛
又低低滑过水面
海边的冬天多么从容
不应着急往前走

石老人

拜谒海水中沉思的老人
是一段艰辛的旅程

潮汐不绝，巉岩不朽
正是起誓的地方
软沙曲折，乱石无定
尖细的鞋跟如何跨过水洼
考验一世搀扶的决心

刚毅浸泡于弱水
碎身冲刷坚硬的灵魂
彼此雕刻，阴阳相济

你端坐于海天之间
做爱情的证人

市场三路的早晨

这条街
开始只有路
房屋、树和人
又来了汽车与护栏
招牌和广告

一个送鱼的男人
嘴里街着烟头
三分钟干完了活
开车走了
三个女人站在护栏边上
一早晨了
话还没有说完

买菜的夫妻挽着胳膊
从市场里冒出头来
穿过拥挤的街道
曲曲折折地走回家去

和这街一样
我这一生

也是从简单

到复杂的过程

泅渡

以泅渡的姿势活着
鼻孔露在水外面
空气是最大的仁慈

至于其他
你得花钱买
你得赚钱花

金钱可以如流水
流水并不仁慈
淹死就不用泅渡了

冬 雪

你纷纷扬扬
从多少人的热泪中
飘洒下来
占领整个天空
山冈和河流
覆盖城市、乡村
和整个世界

人们的心
着了好多场大火
到处都是灰烬和焦炭
等待你的洁白
冰凉和透澈
来掩埋这沸腾的废墟

你从天上下来
那冷却一切的清辉
拂过每个人的灵魂
至远，至深
抵达平安的宁静

人们终生奔向冬天

只为这一场

浩浩荡荡的大雪

养狗的事

在童年，在乡下
狗是家庭成员
是我童年的朋友

有一天
乡下突然刮起狗肉风
我丢失了朋友
丢失了童年
最后连乡下也弄丢了

我像个流浪汉
漂泊至此
酒肉朋友为我点餐
一盘凉拌狗肉
想起我真正的朋友

我不敢吃，不敢哭
装作若无其事
还以为狗肉风早已过去
既然回不到童年
养狗的事
还是作罢算了

长江路与香江路

问我怎么到了黄岛
记得是从干净的日光里
跳下来的
那天大寒节气
从长江路上的轻骑站东望
视线不染纤尘
长途汽车已经远去
街道上再无声息
大地凸显在行道树下
西边的小珠山腾云高耸
处女一样干净的岩石
仿佛自由的身躯

一阕没头没尾的梦
二十二年之后
大寒节阳光依然明亮
轻骑集团不复存在
西望，珠峰却被高楼遮断
长江路已更名为香江路
终日承受流水的汽车
一刻不停地冲刷

两岸长成高大的梧桐
冬枝刺向烟尘味道的天空
闹市里的喧嚣
已听不清内心寂寞的声音

黄岛在春天里刮起旋风
犹如一道道虹吸
我和同伴们滞留于此
自以为是雕刻时光
却不小心改变了街道的模样
还长出了都市的脸庞

澳柯玛工业园

在黄岛，我得到两把钥匙
每天开门和锁门、扫地
抹净桌子上的尘土
坐下去，然后站起来
锁门和开门

工业园里的工钱
如同每周一次
往花盆里浇入的水
一株米兰，花开花落
默默地生长

办公室的扫帚与喷壶
是我身体的一部分
行政部采购的塑料十分耐用
坚硬的地砖和松软的沙土
耗费生命也滋养生命

米兰的枝叶婆娑着绿意
当芬芳一点点散去
付诸流水的岁月在窗外招手

我为生活挣得的工钱
正在挤走生活

那些日子
总是花香与汗臭共处一室
钥匙所打开的两把门锁
其实锁着直线两端

北苑小区

此前
一把斧头孤独行走
穿越原始丛林
当我把斧头交给一个女人
北苑小区成了罗盘上的航标

搂住被窝里光滑的肩膀
我说，想去炒个小菜
老婆笑得像朵鲜花
厨房和卧室所给予的
都是从来不曾有过的福分

壕洼是个值得感恩的地名
掩埋着陌生人的恐惧
麦地里建起来的单元房
善于收藏筚路蓝缕的爱情
那些单薄的家庭
和草创新世界的人
他们在此起程

黄岛，黄岛

一张蓝图召唤
清江鱼一群一群
游进这片水域
从饱腹的土灶烧饼
到金桔柠檬茶的清香
耗费了最好的青春

滩涂上建起一座城
只是当代的小菜
却是人生的一场大典
我亲身经历
海岸线升起摩天巨轮
海底贯通八面大道
西海岸乃宿命中的欢乐

清江鱼游走于世
在时间的浪花里体会嬗变
此生独爱小珠山下的杜鹃花
如脚尖站立的芭蕾
我的心跳朝着黄岛的方向

良友书坊的日历

窗外冬夜清冷
良友书坊枝形吊灯
将一屋生气
烘焙得焦黄酥软

迎面遇见这本日历
正在用时间
讲述世间的故事

把日子打扮成电影的样子
又让它过一日少一日
单薄到见了老底
一生的况味初现端倪

厚实而稳重的架子上
还剩下这几页
如捕兽器上的肥肉
等待回头客，再次
一脚踏上去

汽车新城

湿地还给了天鹅
山丘也该交给野鹿
连矿区都归梨花所有
怎样把富足
送到姜山百姓的手中？

走过麦收的晒场
我在春天的李权庄
邂逅了怦然心动的汽车
麦子一样哗哗流淌的汽车
急驰而去，载着汽车的汽车

北汽基地的机器人
焊光像进出的金币
照亮了农夫的新生活
莱西的一千零一夜
到处传诵着飞毯
窥管和神奇苹果的故事

象牙窥管发现了能干的人
和最想翻身的人

他们燃烧着美丽乡村的渴望
飞毯载着智慧和钱袋子
载着做事的激情降临

闻一闻神奇的苹果
千载农耕的疾苦
在春风里呈现另一派生机
工业分泌富强的激素
春笋般长成一座新鲜的城郭

一千零一夜嬗变的莱西
小伙子变成了王子
姑娘成了公主，相亲相爱
从此过上幸福生活

姜山湿地

水是家园的呼吸
我到姜山追寻故乡气息
水波依旧停留在土堤下面
上下天光如敞开的心扉
草色，还伫立水中央
于枯槁中等待南来的夏汛
好将衰败一齐淹没

等待丰美的水草
淹没一个过时的季节
绿色的波涛摇曳
晃起多少飞翔与潜行
出生于南方
飞来北方讨生活
一只白眼潜鸭
与我的轨迹又有何区分

祖辈将生计托付于泥水
将家园托付给苇丛
芦笛与湖风吹醒
一代又一代新鲜的生命

所有的航程都在追逐
丰美的水草

而水草丰美
正是一块湿地的快乐

威海路

朝着威海路大喊一声
我的名字已成生僻词
恍惚还有来自南方偏远的口音
在 272 号应答
满是毕业学子的写字楼
如今已改成商务酒店
青春四散……

这些年遗忘了多少名字
他们总是天亮来，夜晚走
一明一灭，快速闪烁
曾经一字排开的皮鞋摊
行走在淘金路的起点
今天走成了兴旺发达的步行街

回到二十多年前熟识的街道
他们的面庞
和我念想中的笑容
都失去了原型
记忆老成一树熟透了的柿子
在繁华的威海路上

突然喊一声谁谁的名字

就会有颗甜蜜的

抑或是酸涩的果子

掉落下来

海泊河公园

走进海泊河公园，把自己放生
垂柳，一款慢节奏的旧时尚
是风的软腰间绿色的旗袍
河上，白蝴蝶效仿浪花在飞
它们都是水草豢养的宠物

河边坐着不给闹钟上发条的人
公园里到处是灵感
随意把光阴打发成文艺节目

园子外面是奔跑的世界
得把日子停稳妥了才能进来
卸掉弹簧和齿轮的青蛙
不再被人一遍遍拧紧
坐下来便可以重生

卷 子

我用砌长城
形容女儿的奋斗之路
高高堆砌的卷子
虽然她画完了等压线
我还可以拿来临摹多宝塔碑

我们就有了共处的机会
秀美刚劲的颜体字
与大气运动的诡异试题相遇
甚至让漆黑的墨
覆盖住关于风向的答案

箭头由高压指向低压
大唐西京千福寺
父女对话的口音有些怪诞
仿佛穿越时空的虫洞
却是我们千里之间
谈古论今的最好方式

忧　伤

我凭我的兴趣过日子
嬉笑，怒骂

我应当快乐
相比在田里耕种的人
盖房子的人
用头脑思考的人

我和他们一样
吃着新鲜的米饭
住宽敞的房屋
享受便捷生活，安逸
甚至还多一份写诗的快意

然而我的诗歌
是旷野里独自落泪的铁皮人
与众不同的兴趣
如此忧伤

开　心

大葱比时间枯得快
水灵灵的青白不知去向
剩下一卷蛇蜕

一个信息灵通的人
忙到周末
才察觉事情没有进展

一个有脾气的人
在等待修补羊圈的好心境
但每天丢羊真是糟心

狼贼得手越来越顺利
周末本该开心
又跟随四通八达的风跑丢了

晚 秋

去野外
心就野了
落叶一样没有章法

与秋天一起松下来
斜阳向着西南
白茅摇晃着悲歌

窸窣的草叶声
苍凉无边的秋水
目光平缓地
向着远处流淌

云一动，心便到了南方
凋敝的乡间旧时光
一把冰凉的愁绪
勾了上来

乐 土

我的语言
远离土地与秋收
你还留在那里
抚摸稻谷和棉花

哺育过我的新沙洲
让我心怀愧意
长江推不走你
继续拥有这条母亲河

谁的漂泊
能够远过家乡
只有留下来的你
灵魂和身体幸福重叠
居于最初的乐土

小妇人

门诊室外站立的小妇人
贫贱一定让她饱受白眼
比如扔给她的化验单

当我让出座椅的时候
突然想起导医台前
斜眼瞧我的白衣人
我对一名药贩子
也曾递过鄙夷的眼神

但赠予小妇人的尊重
并未抑制她插队的冲动
我这才发现
当需要治病的时候
身体和心灵一起陷入了泥淖

第三辑

粗糙的快乐，
可以疗伤

你欠我半生约会

幽青岬角，我的莎莉花园。素净玉兰
黯然坠落了早春的期盼
淡紫色的梧桐花在雨丝中飞逝
虚拟你的脚印，却辜负了满园的花径
五月馥郁的槐树，落英成梦
所有春色流进了东海。蝶走莺飞
我在寂寞的滩涂清点你欠下的约会

我所盼的美人，被一千米长的电话
捆绑在隔水高楼
日日夜夜，你又在偿还谁的债务

当青春与花瓣一起向东流逝
我捞不上来漂远的承诺。但我知道
你会躲进浴室，洗净灰尘与汗渍
一只蟋蟀吟唱在隐秘的角落
从玉兰到梧桐，从丁香到玫瑰
如痴如醉，如流如逝
秋后的沐浴，荒凉而空旷
因这半生的约会

清亮的泉水

沿着山谷曲折而上
人生的风景总是如此呈现
树丛下，一方池塘有如细腻海绵
怀碧抱玉，是谁全部的温柔

一条硬石为砥的溪流
泉水迤逦而行
如何留住擦身而过的爱情
泉水般明亮的绝世美人

我若坚强，你必流淌
我若以圆滑的姿势深深地下沉
在两岸铺陈柔软
能否留你在此涵养温润

闪光的项链吊坠

题记：全班同学悼念在教育战线上奉献了 25 个春秋、英年早逝的周艳同学。

一把珍珠，跌落尘埃

隔着课桌
是十七岁净美的眼眸
梨涡幻影的笑靥
软舌细卷，温馨的话语如兰
飘来吧，你汨罗江的口音
这多么迷人。此后
又是多么不可能

串在同一根丝线上的珍珠
我们的项链美丽动人
而你比珍珠更美
佩戴了四分之一个世纪
青春一天都不曾褪色

今天竟然碎裂
我们十七岁的又一次死去

美人颈上的项链

丢失了最闪光的吊坠

少年抒怀

童年的老祖屋，中秋节的老祖母
池塘前，半边茅白，半边水白
望夫山顶，灰云向南移动，显示征兆
出山的道路突然奔跑起来
脚上穿着新鞋，眼里闪出泪光
我会否就是
张家湾跑丢了的那个孩子

每年九月都会变得胆大妄为
又陷入孤单无助的境地
等车，拥挤，负重而行
在别人的地界消耗叛逆与倔强
人生最初的动荡是水的走向
少年的口音混杂不堪
从山冈下来，我在平原奔跑时
一不小心
遗失了遥远的故乡

人到中年

焰火最炫的那一刻
冰冷也随即而至
人生，真的开始了
四十三过眼关，视线模糊
太阳像一只红色气球
不停地摇摆

隐喻不断的商店里
中年人在选购丢失的妈妈
以及故乡和城池
我们站在甘蔗地的中央
寻找方向，香草抑或美人
是更有利的地势

岁月给你盖了个什么戳
我一直校验疯狂增长的知识
就像两小儿辩日
舞台上最诡谲的那出戏
我们手的舞，追赶着足之蹈
举止怪异的中年人
小心你的心
它也会跑丢的

步行者

打开双目，玻璃里的火焰
在城中快速旋转
光的海洋漆黑一片

你以为在坦途疾行
其实，机械占据道路
井盖张开陷阱
母性失去原始的力量

礼堂门窗四闭
屋顶盛开繁花
集市布满诡异的智慧

孤独的步行者
一座勃起的雕塑
坚持，不让眼睛里的火
和双腿一起退化

病　人

西风说了句什么
杏叶在泥淖里扑腾

白色走廊写满广告
橙黄椅背悬挂锦旗
医生说：
把身体放进仪器
你体会一下吧
我这就去准备
毒约和手术

放心，
杀的是有害菌
宰的是癌细胞
满山都是鲜蘑菇
有的也有毒

那好吧，让我们
用未知来治疗无知
用恐怖消除恐惧

嘿！生意人

串环上这些钥匙
每夜围着圆圆的桌子
开自己的锁

词语精挑细选
场景着意渲染
服务生川流不息

酒精的凝聚力
足以消灭不同口味
桌上没有无辜的菜肴
碰碎了高脚杯
也要保持可亲的样子

共在这个局
各执水龙头
却浇不灭
同一座火焰山

失语者

土与水相互浸泡的湖区
我从妈妈口中
取出一柄锋利的剑

口音是场争夺，隔河而战
总有一方落荒而逃
讲方言的人还在这里
成为幸福的胜利者

我追逐风的节奏前行
现在哑口无言
那剑正在嘲笑我
长满了锈迹的人生

西南官话的荣耀
在湖北口音面前溃败
失语者之舌如空洞
而胜利者
依然高举着那柄宝剑

除 夕

除夕之前
审视即将打扫的家居
灰尘覆盖暗红的油漆
顺着细腻的木纹走向从前
往事闪烁幽怨的光
被我忽视的日子
密密麻麻
裹住了这些坚实的木头
绒布如迟到的问候
轻轻拭擦，眼含歉意
亲爱的，尽管光阴漫漶
为灰尘所蒙蔽
触摸到油漆的深处
岁月依旧静好

一小时

青岛飞大阪才两小时
而表盘指针
却从一点变成了四点
我应该留下来
讨回飞丢的一小时

得早一个钟头结束散步
早一个钟头起床
人们在扶梯上自觉靠右站
将左边留给追赶时间的我

为了讨回那一小时
我查阅时间简史
一个武士砸烂了日晷仪
钟楼从此停顿了指针的脚步
但追赶时间的人
明白为何落在了后面

母亲节

妈妈，您的麦粒高出屋脊
汽车已经塞满街道
但我还需要一个拥抱
微笑，将是您未来的力量

爱的心，始于礼吗？
却排挤于粗鄙的门外
远方温馨的灯
正在照亮谁的夜

妈妈，您曾在坡下行走
上来多么困难

飞鸟相信天空
游鱼相信水域
种子相信土壤
妈妈，您要让亲生之子
相信这一身的汗水

看不见的身体

粉红丝带如蝴蝶停在胸前
镜中人，无法用手指
阅读自己的身体
我为此流泪

眼睛又一次成为窗口
被发现的是心灵
如仙客来叶子一片片枯萎
和疼排成一行
以滑雪的姿势
穿越蝴蝶飞舞的城市

我闭上眼睛
接受这黑暗，相信黑暗后面的光
刺痛停了下来

仙客来的牙

切割香肠和黄瓜
已成为一个人的陈年旧事
牙齿，是仙客来疼痛的
第二片叶子

镜子里的火把
他们深入洞穴
想把我的身体搞清楚
唇亡，齿寒，胃痛
满马路肠梗阻
等到最后
开塞露做好应急准备

武装到牙齿的寒冷
到底有多冷？
珍珠的链子断了
冰山坍塌猝不及防

镜中人

它们藏在笑容下面
镜子照不见怀抱里的结果

她在马路上快步行走
左手拎着日用品
右肩挎着工作包包

她对一棵梧桐树说
仙客来正在慢慢枯萎
如果查明了结果
生活的缺口就会很大
很大……

洁白的皮肤在镜子里面
是博尔赫斯的恐惧
外来生物和时间曲线
正在镜面背后传递信息
唯有勇敢的粉红丝带
坚定地站在镜子旁边

身体问题

我没有飞
装我的大铁盒子
正在天上飞

我没有跑
城市的日日夜夜
在这个时代一直跑
阳台上的仙客来也在跑

我没有红
照我屋子的灯红了
太阳和月亮都红
我到底红了没？

我没有老
日历越来越新
生我的爹娘正在老去
我到底老了没？

海边体悟

海水冲上岛礁
浪花的梦
凌空盛开

经过月色的洗礼
看不见的身体
被夜掩盖

把内心交给沙滩
我们在木栈道上
揽肩前行

仙客来此刻灿烂
涛声的脚步明亮起来
我和健壮的我
在海边相约，如梦如醉

玉环三日札记

1. 柿子树

连绵不断的楼房
是前进的果实
高大丰茂的柿树林
进一步抵达工地的边缘
青涩的柿子
在果实的长河里摇摇欲坠

2. 动物

这条刚修的上山路
有新鲜的粪便
散乱如动物的惊慌
看山人有颗沉稳的雄心
掌管山中之物
而我的心，咯噔跳跃得厉害
随着台阶向上延伸

3. 坟

昨晚夜深人静
我没有等来先人对话
也许你并不存在
但在清晨
逝去的时间盘踞在山腰
正在阻止一件事情发生

4. 青山

僵持到了中午
一位乡长挺身而出：
我在青山在
其实，命中注定
青山早就死了

5. 戏台

穿居家服的少妇
碎花花地从戏台前走过
她柔软，左右摆动
一分钟后消失在拐角处
这有多么遗憾

稍后，那本折子戏
连同戏台本身
都从拐角处消失
这多么遗憾

6. 菜园子

我还有机会经过菜园
老伯伯和他的落花生
一样苗壮
热爱土地有多种方法
用粪汁浇灌它
如此落后，看着看着
我的眼泪落下来

7. 蚯蚓

我埋头给花生锄草
蚯蚓愤怒地跳出来
嘴里喷出新鲜的抗议
农场盖起了塑料大棚
喷水龙头下面
花生大获丰收。没了锄草人
蚯蚓反而老实、衰弱
阒寂无声

公共交通

一只雄鼹跳上来
张望异性气息
万有引力还在作用
世界并未就此老去

感恩商人金贵的大脑
姑娘们不再做松鼠
赶走惊慌，克制收藏
潮水恰好泄露了香艳

窥视，对视
不经意的灵魂交会
总有意念的鲶鱼
搅动沉闷的局面
觊觎，你不可以
使粉色的气球爆炸

随便意会，请勿言传
一生只遇一次的情怀
毫无意义
往车下走去，回头
毫无意义

渡　口

航行到中央

胶州湾敞开蔚蓝胸怀

东北人占据船舷最佳位置

忧郁的西南人独自彷徨

温州人仔细打量同行

西北人开始吃行前烙好的馕

每个人的故乡

都有一个乌云低沉的渡口

总在水湄处分道启程

不同的足迹

又会聚于同一班渡船

眼下阳光明媚

记忆里却存满了风雨

票　根

你把三十年的票根
排在镜框里展览
收获雨水，夺走了时间
如台风过境厦门

挂在墙上的日子
经常被风摇晃
座钟没有催促你
是票在喊，到晚了
船已离开渡口

为了抢到一张票
有时候会被打破头
而更多的时候
生活会塞给你一大把车票船票
有路的地方都得跑到

三十年前种下的杨树
望见你从远处回来
杨树从来不用票
却一直顺着雨水往上走

渡口上的人
有一天会来砍树
碾磨成纸浆
制作成三十年后
另一场展览的票根

入　夜

向晚的高楼

户枢般从两旁闭合过来

临水的城门绯红

四川路 21 号是个锁眼

渡轮预示一夜美满

夕阳用结实的红

闭上了天上的幕帘

海面用摇晃的红

接回涉水而来的客人

风景缓慢靠岸

跳板吱呀，人影幢幢

码头满是夜声呼唤

汽笛如水漂弹射出去

天色与缆绳渐渐锁住了

半岛的突破口

城市的窍门复归平静

在此入夜吧

大海臂弯里的安琪儿

黄岛路

落叶依旧伴随秋雨
黄岛路的青石板上
映出店面与天光
理个洋车夫的头型吧
带我们走马观花
穿越遗迹。外墙斑驳
遮蔽着里院的生计
我站在门洞与弄堂对视
一碟酱咸菜
唤醒几代人的味蕾
半斤猪头肉
走道上围得水泄不通
这一街便宜的买卖
滋养着活色生香的百年历史
文字与市井的烟火
一起回到旧屋的矮墙下面
吱嘎的木楼梯
发出响亮的声音

郭川港

奥帆中心怀抱心海广场
名字平稳而踏实
每天一万步的码头
平庸有如健康的身体
但是，我的鞋子！
你听见波浪切切的召唤了吗？

那声音来自郭川港
"必须冒险"
在拉特里尼泰的阳光里混响
在好望角，在白令海峡……
在夏威夷海域的三角帆上混响
"塔巴雷，东方人正在冒险"
那声音来自青岛的郭川港

到此请让脚步轻下来
像海燕掠过浪尖
西西弗斯在浮山湾自语：
"必须冒险。"否则
巨石将永沉海底
"必须冒险"

不能让时代平庸

巨大的蓝，遥远的蓝
他沿着洋流升腾
他沿着崇敬的目光升腾
他沿着后来人的志向升腾
他沿着泪花升腾
他开始了终点以后的旅行

团岛四路

一个将要结冰的人
把忧郁放进团岛农贸市场
如一颗孤傲的麦粒
塞进谷仓
粗糙的快乐，可以疗伤

在集市里烤火，融化自己
人间万物又都回来了
有人高声吆喝
被吊灯照得通亮
突出于冰川的嘤鸣

当我走进果品区
胖大姐的尖刀轻快一挑
切除长出黑斑的香蕉
病就好了一大半

我已复苏到聪慧
明了挑选青椒还是红椒的缘由
知晓快刀斩断肋排的尺度
掏出腰包
快乐即刻拎回家去

栈桥之上

古楼之上
沙鸥飞回檐角
故乡，他乡
两枚精致的图标
缩写在瓶盖上
我从栈桥走向海水
被忧思踩伤

六月的风雨袭来
洞庭湖水浸淫八百里浩荡
而胶州湾的潮头
打湿我归乡的渴望

白浪之上
翻飞的海鸥衔起
相隔千里的两枚音符
拍遍回澜阁的涛声呀！
可知夏汛汹涌无常

今晚，洪峰过境湘江
栈桥之上

我的心生出翅膀

胸腔灌满白浪

野菊花

清凉的秋窗外
望见一串野菊花
晨起的闹钟
都是细碎的小嘴
吐出苦味来
仿佛发黄的脸庞
和酸胀的臂膀

还在找寻冰山下的雪莲吗?
在睡眠里攀缘
你的夜晚
都在追赶着一个梦
离床越来越远
这些尘世里细碎的花朵
敲响了警钟

白天，如一袭危险的风衣
尾随的寒冬前来对质
执拗与坚守
无法助力中年人奔跑
野菊花期期艾艾
如一个诗人

割草工

树木被雪暴击倒
不知今夕何夕
如一个长长的冬天
蜷缩于北坡

突然，响起割草机的呜呜声
我泪流满面

少有阳光的眷顾
春草依然漫过了北坡

终于
呜呜的割草声响起
打理荒芜的人
并没有走远

水蜜桃

桃子的味道，源自三月
窗棂外两朵娇艳
在青风里嬉戏玩乐

六月的成熟快了一些
但果肉甘美
滋养了平凡的幸福

用心的年轻人会留下桃核
种植，或者雕刻
把密密麻麻的皱褶
交给泥水和刀。以及

悬浮在时间里的等待。验证
黑白交替的日夜
能否重新回到粉红色

禁渔期或沙砾

我来自遥远的沙漠
将平庸的手臂伸向大海
就像猎人在每个夜里
向妻子索取爱

鱼儿分娩的疼痛
只在海面惊起少许涟漪
一粒沙子的泪水
咸过整个海洋
时机在沙漏面前消逝
禁渔期已经过去

我再次触摸你柔软的腹部
鲸鱼的肋排如枯叶
暴露在沙滩上面

查话费

千里迢迢，我杳如黄鹤
母亲用耳朵
在江天上查找

这些年，滴滴的拨号音
她明白了耳朵到底有多远
从此只相信嘴巴
喋喋不休地絮叨
认准那是贴近思念的吻

鼓励儿子闯荡天下
当初母亲费尽了心思
现在电话花费又成了新的顾虑
妻子为了化解矛盾
把她的话费挂在我的卡上

一辈子怕花钱的母亲
从此以后
一遍遍打电话找我
查话费

绣

我在一针一线地绣
这朵美丽的鲜花
不败的牡丹

绣进每一段歌声
绣进每一刻笑容
不叫她像
云一样飞散

三十年来
我一针一线地绣
你青春的面庞
和一世不凋的情怀

春风里
我们像花瓣合在一起

在流淌的时光里
我一针一线地绣
不叫她像
云一样飞散

第四辑

一匹骏马，
沿着高原的雪线绝尘而去

晚　会

乐音渐稀
走到房屋外面，晚会便散了
朋友们蜂拥着，挥手散开
那么些狂欢的夜晚
奢侈地将歌舞泼洒得俯拾皆是
——可是晚会已经散了

走到了房屋外面，我的朋友
依稀看见古老的黑胶
还在花梨木的桌子上悠悠转动
音乐依旧温热
可是天色已经黎明
歌舞的晚会留在我的行囊里
远行，远行

乡下的秋虫

思念如何敌得过秋虫
秋虫在乡下
夜色与泥土一样浓郁
秋水摇曳，木槿丛旁
滴落的是灵魂的鸣叫
秋虫的喉结串起那些珠体
明亮如同挂着星星的项链

秋虫如何抵抗城市的霓虹
机械击碎了蟋蟀的琴瑟
霓彩闪烁，并非木槿扶摇
蟋蟀不为真情而歌吟
天然的情歌生长在天然的草丛
思念如何敌得过乡下的秋虫

水　乡

太熟稔你的天色与水色
柔绵的浅草和泥土堆成的长堤
就算合上眼睛
摇开梦中的乌篷船
咀嚼几口掠面的清风
我又会再次见到你
见到你的水
正用没有言语的波纹
平静地将乡思的网撒开
一缕缕，一缕缕……
把我从天际收回

喜　鹊

一场冬雪，掠过干瘪的湖底
脚下苔痕遍布，湖草枯萎
袒露的泥土像一件褪色的蓝军大衣
季节的大潮
纷纷向沿海涌去

古树的秃枝托起鸟巢，越过
火车站南面的山墙
一只喜鹊，花白的翅膀来回盘旋
晃得旅客眼花缭乱
几根铁轨高高举起冬日的冷光
往北穿刺

汽笛鸣响，车轮出发
朝着燕子迁徙的方向
天边海浪奔腾，机器昼夜不停
头顶有汽车和高铁在飞翔
土地上不断长出鸽子窝一样的洞穴
冬天与夏天逃跑到遥远之外

塔吊喘息着，洋溢出血红的热情

像一双熬过长夜的眼睛

睡在城市违章建筑的某个角落

山墙与古树的重影，秃枝与鸟巢的晃动

正一遍遍明晰我的视线

梦中，思乡的翅膀

一次次拍打寂寞的工棚

春　节

日子像脚手架上拆下来的钢管
　　堆积如山
春节是北风甩过来的一根长鞭
击中正在塔吊上垂直行走的民工
工地上信号一闪
我望见妈妈的皱纹与期盼

我和非洲大草原的角马一道
追赶季节的默契
返乡路上的天空与景色
像妈妈系在两棵树之间的麻绳
晾晒着洗也洗不干净的挂念
摇晃着甩也甩不掉的心焦

屋前那座圆弧形的山包，是颗信号弹
　　思念的光芒照亮远方
妈妈佝偻的身影像一根固执的钢筋
正踮起脚祈望火车与飞机
祈望汽车与轮船
祈望三轮车
不放过每一个路人

遥远的亲密

思念是无数遥远的亲密
就像一场耳鬓厮磨的爱恋
逃离，只因为我的胆怯
让我用双手重新触摸你的脊梁
就像触摸一泓温润的俚语
一段绵软的喘息

我要顺着你的面颊而下
抚摸到最初连接母体的肚脐
我梦想找回飘零的温香
再一次遇见儿时的记忆
请你一切听从我的安排
亲手往山药棒上浇下蜜汁
沿着你肌理的沟壑慢慢捡拾

我已迷失在城市的霓虹灯影里
害怕提及乡亲的话题
隔着深夜，我与你手拉手相互注视
触摸到初恋的心悸，如失如得
听见故乡五月的布谷、四月的田鸡
在时光深处痴痴地吟唱
归去来兮，归去来兮！

鞭　炮

我像一片花瓣从天空飘落
水塘边浣洗的阿妈是否会撂下捣衣声
合拢双手将我收留

如果思念让我在黄昏时出现
村口是否还有乡亲直呼我的乳名

我从噼啪的鞭炮声中惊醒
摆放喜宴的院落是否还会有
儿时玩伴们的踪影

如果我跨上牯牛的脊背扬鞭狂奔
是否还能回到放牛娃的竹林

我回到原处，藏在大枣树的密叶下面
丁香般的少女会不会寻过来诘问
——你为什么非要远行？

土地之歌

在井里
终于找出古老的黑土地

春天的梦，在层层落叶底下发酵
泥土中流淌着黑油油的血液
空气被海水洗过，致幻剂一样芬芳
我看见亘古久远的旷野蛮荒
伏羲神农和祖先们正在刀耕火种
从容的山水间摆设着
杀戮也不曾割断的五谷杂粮
征战也未能驱走的走兽飞禽

幻觉，是一场祭祀

白花花的太阳底下
水泥与沥青织就了九宫图
数字艺术显然超越了河图与洛书
横到边，纵到底
一切不停地旋转，战果必须持续扩大
经验丰富的机械充满生机
一个个傀儡

正以二进制的速度在整个大地上驰翔

秃鹫颓废地收起宽大的翅膀

大地坚硬到无法插针

欲望鲜活，寻觅不到可以果腹的腐食

在阡陌纵横交错的井里

人们忧郁，间或焦躁

痴迷寻找土地

厌倦拥堵在赴宴的途中

小官庄之歌

老夫妻静静地坐在窗口
等待一铺土炕
从小官庄的村落中消失
大爷倔强而坚硬的胡须
受到村长的贿赂
供奉族谱的中堂即将兑付
从此结束土炕上的生活
还有麦田里的劳作

沿着水系
奶油蛋糕被切成八块
以枣园为中轴线
推倒山坡，填平池塘
石林一样壮观的楼群高高在上
挡住车轮山的日落
这位爱红脸的老街坊
曾经是农家最忠实的成员

大娘更喜爱花篱围住的园子
菜畦从来没有欺骗过她的双手
而贩子们的话语却很难揣测

他们说：痛的时候
可以用钞票包扎伤口
之后便会忘却

她将信将疑地失落
一次次默默转身
探望冒着热汽的灶台

崮山之歌

青翠的崮山
村民在绿色睡梦中惊醒
紫砂壶圆润的肚皮被爆破
有人掏走了石头，和石头上的咒语
血浆样的黄汤，硝烟般的粉尘
以最强硬的气势淹没对方的声音
蚁虫与路人试图挣脱
邋遢的空气和水。为何
取走一块石头还会如此狼狈

尖锐的切割
卫星地图白花花一片
石头上传出硬币跌落的声响
有人撕扯着，诡异的眼色
交易在山体与水体间如火如荼
植物跌落生气
砌成人间烟火的石头
还有辉煌的宫殿和墓穴。为何
取走石头演变成了一场战争

插 销

你缺少一根插销

风一推，门就开了
书桌上那摞洁白的纸片
乱成一群蝙蝠
不知来处的苍蝇
在狭小的空间里久久飞舞

来，给你挂上一粒星星
用双眼盯住，坚持下去
直到把它淡蓝色的光亮焐热
点燃，会有一颗熟透了的红苹果
噗的一声落在你的怀中

你不再需要插销
还有好多事情着急去做
它们像鞭子，赶走了蝙蝠
驱赶你的双手和双脚
赶走了你曾经十分在意的苍蝇
你会永远抛弃许多名词
包括"插销"在内

对　接

喂，起床啦
那是一张弹簧床
我们像卫星一样被生活发射
然后在各自的轨道上运行

来，吃饭吧
即便是准点开餐
也无法交谈青椒炒肉的味道
不同颜色的桌面
在生产线的长河上漂流

亲，见面如何
就像两个航天器在太空中交会对接
我看见秃头的精灵在伏案计算
竖着两根羊角辫的山羚在峭壁上行走
一群长着翅膀的小屁孩飞来飞去
喊叫着：你们得格外小心呐！

哨 笛

走进回味中的莎莉花园
轻轻拨开秋虫们的呢喃
我更想要
再为你献上一枝带露的凤仙花
但是夜雾轻笼大不列颠岛
我的嘴唇远在爱尔兰哨笛之上
只好向你倾情地吹起
Down By The Salley Gardens
从阔别已久的垂柳岸畔传来
飘进你凤仙花一样的睡梦中
芬芳的汁液整夜包裹着指头
思念的颜色浸染得又红又艳
就像往日清晨，采摘花束时的眼神

捕　鱼

腰带以下的部分都在水里
追赶鱼群的时候
你的心脏和鱼儿一起惊跳
慌乱，无暇思考
所有动作听凭下意识来操控
本来，也想揣摩一下鱼儿的心跳
抓捕是否可以更加优雅
或者整理思路，制订原则和计划
可是，就在擒住它的一瞬间
鱼儿早已下了油煎锅
回想起来就感到深深的遗憾

大泽山的葡萄园

上天如果是建造师
他的心一定纯净，唤醒童贞
为葡萄造一座迪斯尼

山峰龇牙咧嘴，打北边过来
受命抱成一颗葡萄形状
顺手取走一块蓝天，揉成碎波浪
铺在偌大的挎篮里面

派来最朴实的农民表演戏法
一排又一排碧绿的葡萄架
包围他们的房舍
上山时，指使峭壁巉崖
在公路上列队巡游
下山后，诱惑坚硬的石头受孕
结出世上最娇嫩、最香甜的果实

园子里，人和一串串葡萄
还有他们编导的情景剧，每一幕
让来这里解闷的人都快活
甚至忘了来做什么

陌上秋叶

遇见你是在深秋的陌上
那一刻我立于原野，心有宁静
你像三月里的油纸伞
通体透明金黄，如一桩心事
我写下：美能惊魂，艳亦脱俗
你一定会嫌弃过于肤浅
这些色彩，是肉体与灵魂的晶体
如果是位画家就会好办许多
我一定要用尽世上最天真的颜色
将你渲染成宫殿里最耀眼的一盏灯笼

你是天地行宫间最华贵的宫灯
默默无言，陪我走到了小道的尽头
然而，我却无法将你领回城市
邀请你安坐在书桌旁边剪烛夜话
我打住了脚步
请原谅那双贪得无厌的眼睛
只是想把此刻永远留在深秋的顶峰
浸泡在黄灿灿夕阳一般的金辉里
或者，干脆让我卧倒在冬天的入口
就当与季节发生了一场艳遇

叫这些心形树叶一片一片飘然落下
一片接着一片地
将分别的遗恨暖暖地埋藏

长途汽车

疾驰如风，发生在天地之间
却是渺小盒子在柏油上的流窜
沙发里一枚土豆挣扎着
害怕被接踵而来的弯道甩在荒凉之外
玉米哨兵置之不理，飞速向后遁逝
云彩都是围观的时髦女子，指指点点
心啊，变化成一杆长矛
使劲往人多的城市方向搠去
而陌生，就在光鲜的肉体后面追赶
几近身旁，几近身旁
离家越近，逼得越狠
我不停地摸索
从裤兜请出一把钥匙来救援

炒　货

棋子一样被布袋抖出

关进圆形大嘴里剧烈摇晃

传言不停地变换着角度

砂糖、油水和味精就站在旁边

吞没，出来又被吞没

热闹的潮水，一阵紧似一阵

在这口锅里

还有谁按捺得住冲动

风机在底下驱动着

有些人想抖落些什么

比如心头的沉疴宿疾

还有些人期望有所斩获

然而，

获利者最终被炒得血本无归

到了秋天

到了秋天
季节抖尽繁花和绿叶
枝茎上还剩下些什么
还是如叶芝所说
"现在我可以枯萎而进入真理"
还有谁在赞美
就像当初赞美花朵与绿叶
然而，他们早已忘掉了这些
另外一个火车站台，寒冷的冬季
人们正在亲热果实

西　窗

西窗外是一幅黄昏的油画
城市的剪影镶嵌在镜框当中
光线越来越柔和
低垂的天幕却更加澄澈
淡去了许多复杂的层次
只剩下深蓝与绯红的过渡
逐渐喑哑的光亮之上
高楼清晰的轮廓凸显出来
城市的骨骼站立一排
原本安静的窗口，亮块
正在纷纷出场
即将成为画面中温馨的主角
告别吧！告别那些所谓光鲜的节奏
让西窗成为灵魂的寓所

苏菲的世界

每一次都是从苜蓿巷 3 号出发
穿过清晨白雾氤氲的树林
小船荡开湖面的青荇，岛的中央
少校的小木屋充满神秘魔力
许多情节一再被复制
在乡村长大，然后去城市生活
艾伯特，故事难道只能这样构思？

什么时候才能摆脱席德的纠缠？
还有那些无休止的生日贺卡
明信片，以及长之又长的书信
艾伯特，我到底是谁？到哪里去？
为什么改变不了从泥土到柏油的老套路？
恐怖的交通工具将我接回，又送走
请问我的归宿在哪儿？

十五岁生日，是一块巨大坚硬的岩石
我想假装不小心将蛋糕撞翻在地
借着黄昏半明半暗的天色逃出故事情节
不，我并非席德，想当也当不成
我在乡村长大，去城市生活

故事里没有户口，只有工作，工作

作者另有其人，那位无法打败的少校

奔向可可豆

去旺卡的巧克力工厂
还是马格瑞姆的玩具商店？
模仿一片树叶，顺着乡间小河而下
清澈碎浪打湿了启程的好心情
我们都是崇拜可可豆的奥柏伦柏人
漂流虽然漫长
在宽阔的入海口总能找到城市
离开乡村
和离开童年一样别无选择
工作伸出双手
迎接我们简单而又快乐的梦想

去街边小酒馆
还是 24 小时超市的收银台？
为了喜爱的可可豆，我们在
时光的流水线上，干活，干活
北斗丢了，公鸡哑了，太阳不再准时
工作伸出双手，将我们摁倒在
阁楼间合租的沙发床上

黄昏映像

砍断记忆中所有的果树
庄稼、牲畜，还有黑色的汗珠
在我的心上，种植漂亮衣服
美味食品和富丽的建筑

来到陌生的镜子面前
我看见一滴清澈明亮的露珠
从正在枯萎的叶尖滴落
黄昏，如一阵轻松的风袭来
我从来不曾参加那些开心的娱乐
也没法对妈妈亲热地称呼

牵狗的太太，和玩着时尚电子产品
的少女，并排坐在街边长椅上
城市的重影揉入我的眼睛
我们相互闪躲，一直都在闪躲

四个室友

老板把自己的眼睛钉在墙角
高高地，骨碌碌转动，我将嘴巴小心地
塞进衣服兜里，双手使劲地拧螺丝
这些冰冷的铁才是我的价格
如果下班，在架子床上吱呀翻身
睁开眼，我可能会看见四位室友中的某一个
但我最想念司机，却从来没有见过面
我相信他是唯一能让我从兜里掏出嘴巴的人
还相信整个世界都在他那儿

除此之外，其余三位的脑子都出了毛病
像公共浴室里锈迹斑斑的水龙头
第一个人整天将嘴巴抱在怀里
如果电视剧里的老太太不关门，他就不撒手
第二个人总是把嘴巴举在耳朵边上
与老婆和上幼儿园的女儿反复研究
什么才是赚快钱的办法
第三个人最可笑，他把嘴巴放在电磁炉上烧烤
然后往地上一摔，板起面孔吆喝：权力，权力
第四个就是那位司机，我却从来没有见过他
真的无限想念，我的嘴巴和耳朵
眼睛和双腿，还有整个世界都已被他带走了

粽　子

节日，在堂屋的椅背上开花

流落民间的公主迎面坐下

罗纱若梦，面颊如舟子

采摘鲜绿苇叶的纤手

浸泡红豆、绿豆与雪白江米的纤手

慢条斯理地折弯神奇的苇叶

盛上意念的颗粒、心灵的甘泉

五色线爬上湖汊水泊的尖角

在瘦削的腰身上缠绕

灵气升腾，一串翡翠的菱角

正在堂屋的扶手椅上诞生

仿佛宫殿里盛大的加冕

纤手，打败繁文缛节的嘴唇

让漂泊于乡野草庐的旧朝贵族

在这个中午

终于与豪华的往事重聚

白衬衣

雪白如银的衬衣
从往事的立柜中翻腾出来
挂在新款的蒸汽熨烫机上
这朵昨夜的交际狂花
正被一双女人的素手重新打理
升腾的白汽如虹
要使它平展，如伸向云雾深处的仕途
折线如铁一样挺括
一匹骏马，沿着高原的雪线
绝尘而去
岁月不曾磨灭额纹里的光彩
一袭正午的骄阳
即将光临神奇的权威会所

触手可得

泡一杯浓茶
坐在干净的桌前
饿了
煮一些面吃
然后把锅碗和厨房洗刷得雪白发光
躺在宽大的床上午睡
闭上眼睛，望见枕木和铁轨
伸向远方，永远整齐
快乐触手可得

晾　晒

今天阴沉，细雾挤进阳台
就像我们挤干水分一样用力

我们在阳光里寻找晾晒的意义
乌云却将生活的哲理打碎

我们一天接着一天地洗涤
来对抗尘世向生命荣光的侵蚀

主妇说：要有阳……
我们打开门
光就打在宛如昨日的笑靥上

早　点

推车出门，将昨夜反锁在梦里
昨夜，又开出不少细软一样的黄花
站在围篱上翘首。等我，等我，
站满了早市的沿途

白汽腾腾的豆浆是稀的
热乎的馅饼是软的
香气扑鼻的茶叶蛋是硬的
白生生的萝卜条是脆的
连清晨的吆喝都是甜的

这一嗓……我想
我想叫大家都来享受我的早上

围裙诗人

等待，站在时针的针尖上等待
人们都走了，大门之内
安静的声音是麻雀

系上围裙，这会儿
清洗与书写，自由轮换进行
偶尔在缝隙里打量窗外

浇灭狼烟，打开心灵
围裙诗人濯清抹布
她的笔，
也在清扫所有的房间

白雾天气

白雾天气，就是很想见某个人
那人却蒸发掉了，变成雾气

因为夏天太热，进而湿热，进而沤热
一切都蒸发掉了
到处都是见不着人的白雾
如同看不见的心事
罩子一样让人闷得慌
连窗子也不敢敞开
否则，连自己也会看不见

其实不如开窗，见不着也无妨
变成那人，一起蒸发掉好了

洗 濯

圣洁的洗濯
来自一双洁白的纤手

青衿之子陶醉过的裙衫
昨夜丢失了磊落

那些都是谁犯下的罪过
却要用圣洁的心来当作皂角

女人如此圣洁
她的心浸泡在流动的水里

宁愿把那些污垢当作自己的耻辱
默默地，默默地洗濯

老夫妻

岳阳麻将，温润细腻的手感
铁轨咔嚓咔嚓地敲击
K180，在洗牌声中又驶出一站

吱呀的手拖车，和八件行李
围困着一对年过花甲的老夫妻
在夜风中的济南站中转
空旷而陌生的月台
画面是找不见站牌的慌张

子弹动车，幼稚孙女手中的玩具
十分钟之后将被播音员发射
又一次颠倒了方向
那是一场惊心动魄的迁徙
含饴弄孙未必就有天伦之乐
纸牌一样轻抛的生活
正在变成一块石头，坠落怀胸

老街上

夕阳的目光
从天主教堂的马牙石路面投射过来
中山路洞察明了百年车马
西装革履的欧洲人，逐一老死成魂灵

国槐挺拔，身穿雪纺旗袍的少女
与之擦肩而过。掐指算定
玩的是一场宿命的阴谋
转身之间远去的，分明是佝偻妪媪

1907 光影俱乐部，银铃般的笑声
从德国水兵的电影胶片里来
飞出东西走向的湖北路
却再也寻不到她的芳踪

老路上

一树繁花凋尽
秋季的硕果没有了踪影
最后一片黄叶也被北风掳去
一棵老树手拄枯藤
守望着一声声昏昏的乌啼

又是一天，骄阳成为过往
猩红的夕晖从山后面上来
伸手拉拢了所有厚厚的帘幕
等待月落，等待乌啼，等待
彻夜的霜华在新的朝阳里再次晾干

成行的街灯从遥远之处迤逦而来
那是曾经健壮的双腿奔跑过的老路
骨骼变软，血浆变硬
迟疑的后脚迈不出犹豫的前脚
肉体终究会有多么可怕

弯下僵直的腰，还要在马路上捡拾
洒落一地的财富，梦还在
活在盼望里的衰老不是衰老

只不过华灯初上，城池中一条车河

粼粼的光，正在回家的路上

老故事

船舱里的老鼠漂荡在汪洋大海
它们每天吃麻袋里的粮食
交配和生育更多的子孙
直到最后一日……

窗外的冬天万物萧瑟
老爷爷讲完最后的故事驾鹤仙逝
他去向上天索要更多的粮食
还是正在转让，没有穿破的旧衣裳？

而我们还活在集市上，一刻不停地交易
坚守最珍贵的位置，不敢抽身片刻
没有人爬上桅杆
眺望远方正在消失的陆地
也没有感念大海落日，终极悲壮

老人合唱团

清晨的露珠还在闪光
苍老的四重唱从莫斯科郊外的晚上响起
我的耳郭在一片银色的草原上醉倒
一整个上午我都在犹疑
是否应该挤进音乐的缝隙里去一探究竟
四爪的拐杖何以开出了鲜艳的花
我顺着歌声的河流，蹚水而入
跨进这座老年人的家园
菜畦上已经没有了踪影
歌声把他们掩映在生机勃勃的丛林

干净的雪

是谁？在下雪天说了一句话
窗外屋顶的白，立刻黑了下来
突兀的鞋印是雪地的疼痛
那个傲慢与偏见的句子
在卫生间环绕
连抽水马桶也冲洗不尽

很快就忘了吧
洁白的世界不愿意收留它
雪山底下渗出清泉，流淌成河
干净的语言如明快的白云
在晶莹的原野上飘荡

美好的回忆

我们终将要改变
阳台上已经堆满了历史的旧物
我们会重新找到喝茶与看风景的新居
窗台上，杜鹃和海棠开了很久的花朵
与小街上婆娑的树影，倾斜的檐角相映成趣
上个世纪油画作品里的意境
将永远挂在老屋记忆的一角

猛地迈入举目无亲的陌生城市
热闹当中最孤独的感觉，已悄悄溜走
那些顽强的挣扎，绊倒后重新爬起的委屈
以及紧咬的牙关，都在缓缓地平复
安置书桌的天地已经变得大为不同
信手拈来的诗句正在给未来打开大门
平和，请再平和一些，唤醒你曾经的落寞

所有的不便，都将变成美好的回忆
孑裂的门板和滴漏的水管已经离开生活
洗净手上的抹布，拭去旧时代的油污
我们会留恋消失在视野里的斑驳
作别过去，会让眼睛变得明澈

抚摸桌子上崭新的木纹

如同抚摸一段观点新颖的思想

你就会知道世界已经变得更加开阔

高跟鞋

清亮的鞋跟拾级而上
跫音的节奏舒缓了下来
归来的心跳，正渐渐向门靠近
仿佛岁月的水滴
在隧道深处传来回响
为了心头的萦绕
乘坐最晚的航班，追赶最后的班车
生命的分量
全部积压在细细的鞋跟上

西窗上，月色氤氲成冰冻的河流
穿越夜深人静的应答之声
让等待变成了惊喜
变成了灵魂的共振与战栗
敞开的门扉后面
一团热乎的暖气扑向前来
莲花的手卸掉了数日的疲惫
挂满夜风的双颊，迎风飘乱的卷发
暂且放下整个世界的等候
尾随下一个日程安排悄然入梦

俄罗斯方块

往下掉木头　消失
成片的森林消失
玩家在数字里快乐　兴奋
一次超过一次的快乐
百分比不断往上升　兴奋
各种数据在更新　又被伐倒
连同黑檀木被伐倒
见证数百年历史的记忆被伐倒
凌霄花跌碎成血　古藤还在缠绕
化为灰烬的阴魂依然缠绕
成群结队的猩猩家族被伐倒
木头伴随呼号　家园化成灰烬
阴魂不散的泪水也被伐倒
往下掉　成群结队的木头消失
财富的数据在上升
兴奋　莫名其妙的兴奋还在上升
直到不再往下掉　消失干净
屏幕上一片空白如沙海

熊大快跑

毛孔收缩，退化，最终消失
一个秃子直面夏日太阳的炙烤
努力向上，寻找洋伞、树荫和云彩
道路还很漫长，黄土飞扬
他从深山老林走向一座城市
如同我们的祖先从黄土高原奔向大海

暴躁的蝉鸣
一路伴随着斧斫的铿锵
河流两岸，树木一棵接着一棵
像记忆一截一截被砍伐
暴躁的蝉鸣，金币一样响亮
从这里，又转移到那片树林
掩盖住枝叶的呐喊

蝉鸣是最痛苦的呐喊
无法救赎，所有原始的森林
终归要在文明的恐吓声中收缩，退化
一切受控于金币意志尖叫的掌心
等待消失，努力向上，亚马孙河流域
进化成现代都市耀斑下的三角洲

愤怒的小鸟

树啊，树啊
他们只是你树洞里栖身的几只麻雀
却要将你伐倒
因为他们有尖尖的喙、小小的脑
和自以为是的聪明

你呀，你呀
摘光了叶子你是树
砍断枝条了还是树
被尖喙一般锋利的锯齿杀戮
轰然倒地之后你依然是树

为什么不变化成腐肉，或者水流
挥发到九霄云外，流淌入大洋海沟
或者像上山的游人那样
一遇见熊瞎子就躺地装死
但是，麻雀们却在可劲儿地吆喝
——倒啦，倒啦，分木头啰
完全不想肚子里的蛋该生在何处

暖暖的换装物语

植物如此生动
春天到来，嫩黄芽聚众喧笑
我探入荷尔蒙的蓄水池
粼粼波光多么奢侈

秋天，装束完全改变
疲惫的树叶，驼队拖着风尘归来
枝梢沉甸甸地向下低垂
我长久地愧疚

植物们纷纷换装。暗示
我手心的一束燕麦，尖细穗子下面
青春如狐狸遁去
芦荻从碧绿冲天的剑气
走到逆风俯仰的白首跟前
只用了一口气工夫

城市用彩妆，在另一口气里变幻
暗示，被机械的加速度铲除
我们从周而复始的树叶下撤退
看到沙尘暴，呆板的面容

迷　途

午觉过后，天空如此干净
深蓝到不剩一根毛发
所有的鸟儿飞尽
树荫独自站立一排
哈雷摩托从窗外轰鸣而过

怀中有枝蓓蕾，一生等待花开
白云是梦的香气
岁月在钟声里流淌
断线的风筝行走在蓝天
空把山川搜遍

她的高跟鞋与拉杆箱
钟摆和流水的声音
在斑马线上急切地奏响
再次出发，谁会知道
今晚的房间号码

午觉过后，白云已经坠落
天空如此单纯，谁也不曾来过
只见没有一根毛发的深蓝

马 路

东海中路已被涛声灌满
佳世客与海信广场相隔一条河流

黑夜一样的石油
提炼出平坦和漆黑的细腻
烦琐的栅栏立在灯火装点处
因为等待的漫长，因为遥远
因为巨大的潮水不知疲倦地汹涌
因为难以穿越的速度碾碎了亲切
尽管它像街市吸引住一切
像龙卷风聚集着人流
却愈发疏离，内心不再称此为大街

一场拼了命的追赶
跟不上节奏被甩出来的紧张
黑夜一样光滑的河床奔向远方
首尾相接的小兽肆无忌惮
豹子的追赶追近河沿
跳过去，跳过去
冲破那些贵金属沙沙沙沙
不绝于耳的阵营

夜行的汽车

夜色中，一辆汽车远去
另一双眼睛丢失光明
鲜红的尾灯闪烁着暗示
像一匹肥马的心跳
城市里，有一排饥渴的牙齿
今夜暴露在荒郊野草之上
路灯无关痛痒地亮着
黑夜，只是某双眼睛的黑暗

你的技术擅长于黑暗中穿行
内心有如车灯的急迫
你的双手，想要摘下黑夜的果实
而深夜里的分离
常常是立交桥上的远行
仿佛蝙蝠捕捉昆虫时的翻转
你的返程，车轮越迅速
爱人越等待

火花塞里的火

这辆车，时间久了，如爱人一样交心
秃头的火花塞已经力不从心
我的身体接触到了她内心的紧张

桥上正在堵车，从地上抬头望
大长腿般的桥墩高耸入云
我们紧咬住齿轮，坚持不肯掉头
天车阵里多了一个不安的吊笼
维持警惕的动力，扣紧上升的链条
亦步亦趋跨过这座桥梁

前面也许就是修理厂
人到中年，早该去医院保养
但我和我的爱人在路上
多么艰难地拥挤、奔跑、等待
复杂的道口，只能燃烧
谁也不敢熄灭火焰

莱阳路的迎春花开了

莱阳路的迎春花星星点点
尖叫的北风依旧淤积在后海
花朵总比叶子更多变化
娇艳的声息
压在灰沉沉的云朵下边
蜜蜂没有嗅到温暖的香味
所以还没有到来
但雨和南风已经如期而至
一阵惊悚，娇艳跌落一地
毕竟，春天她来了

圣弥厄尔教堂的钟声

崂山支脉，一排龙的肋骨
应了道仙的邀约，高低有序
自东向西潜入胶州湾
城市很难分辨原始的地貌
只知道圣弥厄尔教堂
是老青岛的高地
花岗岩的基墙，玫瑰窗，舌头红瓦
塔楼直指天际线
钟声泄下
往南走向前海，往北走向后海
每一个主日弥撒
伴随管风琴恢宏的奏鸣
穹顶之下凸显敬畏
周围超过百年的大树极少
谁能分辨钟声在时间里的去向
命运在风的枝梢
存在，又好像不存在
大树在历史的弓箭中倒下
钟声的种子深埋于地底
穿越泥层，教堂之外
再一次成为婚纱的广场

夜行观象山

水声都在山下，皮囊里鼓胀
和山一起，钻进松懈的黑夜之后
水开始慢慢放掉
恢复扁平的荒芜状态
世界清了，可以静下来观象

飞机擦着天际远去。把魂散开
分成七份，藏在枝梢的花簇处
夜风的香味里，穿顶的圆台上
青石板台阶的缝隙间，沙沙的鞋底下
不知名的草叶尖，和夜鹊的咕噜中
林间冥思，涣散如天籁

排斥灯火与光芒
天文台，只是教科书中的人文历史
触角伸向深邃夜空
不将月亮当成观测焦点
星星一盘散沙地走过今夜
我所看到的，比深沉的脸庞还要深沉
比邈远的星系还要邈远
她的柔软，如同黑暗中的洞穴

后　记

　　诗，描述现实世界的物象，抒发内心世界的情感，传递虚无世界的哲理。让一首诗，完成现象、内感、哲理三重世界的叠加，这双诗歌的手，干着描述、抒发、传递的事情。一首诗的诞生，因灵机一动，意念一闪，至少是被某一重世界所触动，或念，或情，或物。

　　而现在，2023年清明节，在黄海之滨观象山下的某个房间里，我的面前却一无所有，绞尽脑汁也不能成诗。我在许多时候是无法写出诗的，每一首诗都来之不易。甚至，许多时候我在为写诗而写诗，所以难有好诗——作为自称为诗人的人，这样让我多么痛苦。

　　这是我的痛苦，是不是也是其他诗人的痛苦，不得而知，但我一直在努力改变。我想完全没入诗歌的世界，想成为真正的诗人，我却没有勇气。因为这样需要抛弃，需要投入，而我却左右为难。没有勇气做一名纯粹的诗人，是因为害怕极有可能面临的抛弃与投入的危险。

　　在此背景下，《海的一角》能够结集出版，它到底经历了多少，我都无法言说。只知道这熙攘纷扰的世界，的确给了我很多温暖与阳光，不应该被渲染上苍凉的底色。反而，更应当指出每一缕光线助我成长的深远含义。

　　感谢我的父亲，他虽然双目失明无法读诗，却每次都安静地听我朗诵，常常一坐半小时甚至更长的时间，耐心听我解说每个句子的表里多义，接受我自圆其说。他只有小学文化，不曾有过读书的嗜好，全是因为这些冷僻的东西是他儿子写的，才愿意用聆听这道无光之光，鼓励我继续走下去。还要感谢身为理科生的女儿，尽管她很小的时候就说不做一个"写作文的人"，但我知道她一直在默默地鼓励我。她曾在许多隆重的场合发言时，引用或者背诵我的诗句，可见她悄悄地阅读过多少遍这些诗歌。

对于家人而言，诗歌是一个奇怪的世界，对我却是一个令人着迷的世界。在一个大家庭里，难道奇怪的世界同时也可以成为令人着迷的世界吗？好比我与妻子曾是一南一北素昧平生的两个人，一旦成为夫妻就会将南北方合成一个整体吗？的确，时间这么久了，妻子认为诗歌在我们家就好比一扇窗户，不管是面山的那扇还是面海的那扇，都是家的一部分。为了这个整体的完整（或者丰富），妻子完全包容了诗歌世界一切不可交谈的"奇言怪语"。还有什么比包容更伟大的爱吗？真的感谢从不把诗歌当回事的妻子，却那么那么地把我当回事，她爱我的整体，甚至胜过爱她自己。

我可真是个"出格"的人。在职场上我小有斩获，也算业内能人。但那与写诗又有何相干？一到晚上，我便变身为青灯黄卷下的一介书生。咬文嚼字也就罢了，还非得给日子按上指标，记得2018年曾逼自己每天一首，写到日历的背面去。这样的强迫与分裂，医学界是否能够探讨出一个发病的病理学机制来呢？

估摸这还是与我缺乏勇气相关。好比一只夜里的羊，如果不把自己圈起来，就担心会立即丧失诗歌创作的场域。"出格"与"入格"也许是一对孪生兄弟，所以一有机会我就把自己往小小的诗人群落里赶，却又十分害怕失去赖以生存的职场。为此，我不得不衷心感谢那些不弃我于浅薄的诗歌界的前辈与老师，几十年来他们几乎是手把手地教我写诗，身边的诗人朋友更是以激励为主、鞭策为辅地护送我一路往前走。

《海的一角》的出版，还得到了许许多多老师、朋友和亲人的帮助支持，在此我一并感谢你们！无以为报，只有今后更加努力地做人，写诗，创作出更好的作品来，让大家认可我还算得上一个"靠谱"的诗人。

2023 年 4 月 5 日写于观象山庄